你的淚是我的雨季

楚影詩集

用情不悔，楚影今生

陳羿溱

走進楚影的世界，必要與非必要皆是深情。那個閱讀詩句的傍晚，我彷彿看見暖黃的光暈裡，一抹哀豔的紅乾褪隱沒，始終教人不能忘記。正如這個多愁的青年，以他易感的年紀來詮釋許多繽紛瞬息、世事湧浪，在他眼中世界似真似幻、若實若虛，一切皆為浮影；因而周遊夢境，漂泊流浪，踏上青春放逐之路，遍覽繁花曲橋、秋楓敗草，於相異的風景間尋尋覓覓，盼得相契之所、知音之人。

與「楚影」此筆名遙相對應的，即是身處讒諛當道、娥眉見妒的時代環境，仍堅守其傲立霜雪、歲寒不凋之志節者——屈原；而翻閱本集篇章，更無處不見詩人對屈原的仰慕神交，以楚辭為詩題者便有〈九歌〉、〈山鬼〉，各類關於遺棄、背叛、痛飲、哀思之隱喻層出不窮，同情惋惜之意溢於言表，〈我等你〉一首即道：「縱然是碰不得的事／你仍把殺身寫成了情詩／跟我交換眼淚的祕密／而我讀懂你的訊息／就像花一般的美麗／可惜只盛開於夏季的江底」，作者自詡讀懂屈原的訊息，且欲在眾人醉了之後等待其人。再者，或有神遊勸慰之情境，〈我沒有更多能對你訴說〉一首即自導自演與屈原之對手戲，一會大聲疾呼「我收拾文字飛向故都／勸你別執意走上汨羅的路途」，一會又低吟沉歎「我無法完全給予鎮魂的擁抱／於是你褪去青苔爬櫛命運的衣袍」，而歲月最是無情，寂寞如楚影也只能用一己生命遙想楚國、楚物、楚辭，任歷史糾結縈繞於懷，憑情志歌詠相映為影，在他人到不了的南方，寫他人看不懂的夕陽，最終成為月光，於萬古時空中永恆寂寞。

此外，坦率纏綿的語言、浪漫柔美的風格，亦可視作他追索前人的必然影響，「楚影」也就名副其實地成為貫串詩集的主要靈魂與核心。試讀〈你的淚是我的雨季〉，即將詩人的創作宗旨做了明白的提示與交代：

我三絕之後明白你雲翳的鬢角
每根鬍鬚都是雷動的隱喻
就讓我賦詩為你重新起草
轉化你被扯散一地的理想

和踽踽獨行的方向——
情緒洶湧了千年別再壓抑
脆弱如你的淚是我的雨季

靈均之淚未有流盡時日，猶如楚影之初晴終未有期。詩人的生命為雨季籠罩，使每個生活片段潮濕滴水，陰影處隱隱生霉。當雨聲打上睡眠的玻璃，夢裡有光透出，焦散許多鬱粉狂灰的記憶；此際彷彿聽見詩人呢喃，決定落腳在一塊專屬的神祕夜景，瞭望不斷歸去的人群。

擅長營造氣氛、渲染場景可謂是楚影一項過人之處，在他淚液擰成的句子裡，隨處可見豐沛情感及濃郁氛圍，連綿牽引著讀者的情緒。或有悵然失懷的悲傷：「在秋毫初生的頭頂俯吻／淚落滿襟，傾聽／有鹿在我的眼睛裡哀鳴」，又發寂寞孤寒的傷囈：「只相信月光之後／會有最冰潔的朝露／安慰孤獨」，亦不乏天真狂放若「聚天下的文字揭竿／而起，解救失意的情感／所到之處皆成水澤」，而其中佔據不少篇幅，細膩獨特、韻味獨具者，莫過於對愛情各種面貌之描繪刻劃；無論憾恨追悔、怨懟酸苦抑或刻骨椎心，憂傷的氣味滲入胸肺，流經血脈，湍為暴漲的河川。茲舉一例以參：

遇見衰敗的蝶翼，想必
罪魁是太重的無題
而我也不再對你
始終過於美好的眼神
有一千種詢問
反正時序已近黃昏

——〈我寧願不知道很多〉

美麗的哀愁迴盪於詩作的波瀾之中，形成光影爛漫的印象。穿梭其間，靜美的庭園、晶瑩的薄翅、圮壞的磚牆，伴隨許多陰暗的神情，自我們身旁飛掠而過，猶似輕淺的痕跡劃向心扉，隨時光一筆一筆深濃。在關於愛情的詩篇中，傷心是詩人最常有的情緒，肝腸寸斷之餘甚至痛言：「我寧可一生對灰暗垂青／從此喪失向光的本性／長成無感的植物」，之所以發出這般沉重無奈之慨歎，肇始其崎嶇艱險之情路及敏感多情、熱烈易傷的性格；而無法擺脫心內那位專斷任性、叛離投敵的「懷王」，似乎正是他魂一夕而九逝的悲劇起點，但也唯有愛，能令其靈魂綻發澄光，驅使他於詩內詩外繼續勇敢追尋。

除此之外，巧妙挪移運用古典與直白，誠為楚影的另一項拿手好戲。綜覽全書，非但可見眾多熟習之典故隱括入詩，使作品瀰漫濃厚的古意，雅麗工巧的語言和斐然文氣亦遍灑紙頁、隨手拾掇，這正是詩人精心佈局、細雕琢鍊的結果。譬如〈何不笑我走入傾盆〉、〈有鹿在我的眼睛〉、〈再過去就是另一個季節〉、〈疑惑百花都死去的世界〉、〈我沒有更多能對你訴說〉、〈我們都有一個相顧的對象〉等作皆屬此類。

至於直白的支配，則往往穿插於文雅的語句內，或者安排為不同的句子與段落風格，製造反差對比之效，形成一種有趣的閱讀經驗。也就是說，有別於部分風格古典卻炫耀新技之作，詩人選擇在語言上用心，將修辭和平實敘述融於一爐，令精巧與簡樸相間，意圖營造新的感覺意境。例如「那些解讀不了的什麼／蛹變成各式的晦澀／我只能用易於書寫的悲傷／保護燭火脆弱的光芒／畢竟你早已決心不在意／我們共處風中的關係」，用詞平易，不失典雅情調，正是他精於濃淡處理的表現。

當然，我們多將節奏與音律的協調，視為一首詩藝術價值之一環，楚影詩中也少不了此種魔力，所及處吟詠歌行、咀嚼有味。當某種語氣掉了些餅乾屑，我們便迫不及地掃進口鼻，舔吮酥脆的韻尾。舉例而言，「你泅離了我的秋水／在別的青春裡喝醉」、「雖然澤畔適合盛開瘡痕／如今不必江潭也能行吟／一句歸來，用以招你的魂／為何沸騰的是我荏弱的身」、「此去，不再涉及你的風花／也不必掛念我雪月的天涯」，以上幾句對韻腳的用心皆顯而易見，務使讀者誦讀流暢、琅琅上口，欣賞精巧文字的同時亦能獲致聲韻之美。

可以說，翻閱楚影的詩集，猶如翻閱一本雨季。詩題的組合已是山雨欲來風滿樓，再觀詩的內容，雨形、雨色、雨味、雨聲、雨勢深入五感、滴漏整夜，直令人細細品嘗、賞望再三，從而一遍又一遍，探尋影子的內心，叩問雨季的身世。

文字的完現術

臨宵

初讀楚影的詩作時，文字裡的哀傷總與楚影兩個字相對稱，除了抹不去的愁緒外，彷彿那眉目也是皺起的，會令人很好奇於本尊的現實是否這般苦痛，但每再多讀一次時，總能於文字的哀傷中嗅到一絲希望與期待，有一種柳暗花明又一村的感覺，也許再更仔細地閱讀後，就能撥雲見月了。就如同〈觴〉一詩的起始：「酒杯應該懷抱得下這個世界／即使迷茫的心事如雪」。

不難發現，愛應當是楚影的詩作裡相當重視的元素：「愛人啊為什麼我們／這樣悖德彼此的心」，正因為這樣的不得與相逆，衝突就從文字裡找尋安慰，不見尖銳，只有溫柔與充滿感情的哀傷，或淡或濃地遍佈在每一首作品裡呼嘯。太過強烈的文字通常可以在第一時間擄獲所有人的眼睛，但楚影打進心裡深處的文字卻是綿柔而不帶攻擊性的，它是很緩慢地走進去，坐著就不離開了。

「沒有足夠的恨／就不要去愛一個人」，無論是誰，都有怨懟的時候，楚影自然也不能例外，不過他卻能在把詩寫得哀傷的同時，也充滿了慵懶與風情。悖德不見得都是以相反方式去對抗，處於一種下風處，有時更能看清楚縫隙的所在。就像楚影在〈宣言〉一首表達：「愛你是我最誠實的事／從不想迴避這個世界／就讓我們把質疑終結」，以一種全然來接受——能成為向上動力的痛，其實是愛的極致表現。

楚影的作品句子乍看都不具意象與華麗感，而是以徐徐的速度說出故事，譬如這首〈順其自然——致辛波絲卡〉便是我個人以為楚影的佳作之一：

或許你早就明白，
死亡可以信賴——
因為他從不欺騙，
包括這看似荒謬的事件。
但世界仍需要你，
用文字寫出疼痛的善意。

是，與你相識多年，
我學會跟自己交談，
還有向凌亂的句子致歉。
儘管我還不夠慈悲，
也已經綽綽有餘，對玫瑰。

我們順其自然醒著，
而你順其自然睡了，
在永恆的時刻。

後記：維斯瓦娃・辛波絲卡（Wisława Szymborska，１９２３年７月２日至２０１２年２月１日），波蘭詩人，１９９６年諾貝爾文學獎得主，公認為當代最迷人、最偉大的女詩人之一。

不需要特別與文字對抗，而是順勢將情感溶入句子中，不過份誇張卻也不顯得不足，在淡淡的情緒裡讓讀者自行透過文字去營造自己的感動，而不是跟著作者的感動去感動。特別是末段：「我們順其自然醒著，／而你順其自然睡了，／在永恆的時刻。」讓人很難去抵抗這漣漪擴散後的效應。

我很喜歡可以讓我擁有無限想像空間的文字，若以詩而言，除了基本的意象之外，情感是不可或缺的元素，再漂亮的句子沒有情感做底，再美也只是華麗而已，並且像煙花般短暫；佐以情感的句子則是加大了可能性，而不是標準答案般地只能固定式填充。雖然詩裡的象徵永遠都不是作者的原創理由，但詩最美的部分莫過於此了。

讀楚影的詩總讓我誤以為我已經認識楚影很久很久了——這是一種屬於「夾入」式的完現術（日本漫畫《死神》裡的招式），也只有楚影能讓我這麼以為。

愛即是詩，愛即是誠實

崎雲

詩總是要寫的，然而能夠談論的人卻不常有，就算有的話，也不一定投機，每一個適合談論的人都具備著神祕的背景，或者僅僅被視為一個代號，於是談論的內容無論共鳴與否，便都具有了某種神性。大學延畢準備研究所那年，曾經有一段時間幾乎無法入睡，鎮日充斥著精神的枯涸感以及生命的焦慮，除了夜色勉強使我感到自身依然完滿安好之外，便只有詩，陪伴與填充了我的身心，然而就在這樣的情況下，我認識了楚影以及他的詩作，我彷彿於楚影身上看見自己的側影，無關乎詩，而是某種共通的氣質。

也許是憂鬱、也許是因生命中某些相似的經歷與情懷，使我在閱讀楚影《你的淚是我的雨季》這一本詩集時，特別感到親切、自在，沒有壓迫感，彷彿展閱的是自己的生命，我始終相信與回憶對話是一種療癒，時光飛逝，情感是否存真如昔，誰也不敢肯定，被我們永遠眷戀的，也許只能是留存於記憶中的人，然而，人都會改變，在改變的過程中，總會有所去留，於是午夜夢迴面對這樣的缺憾，除了依靠回憶提點，更多是透過不斷的挖掘，將潛藏於生命底層中的愛與恨全都挖掘出來，審視、排列，這些年來，它們的成長對於生命起到了什麼作用。也許最終我們將發現愛依然存在，恨也不過就是愛的延伸，也有可能，愛已不若當初的愛了，而恨，也只是因為愛的存在，所必須要有的另外一面；對於此兩者所挾帶而來的痛，其實也不過就是這樣，再多，也只不過是痛的累積。

所幸楚影於這本詩集中所透露出來的古典的、唯美的、誠實的情懷，使得愛與恨不只是苦與痛，更多，則如同〈宣言〉裡的「我怎能不為你寫下詩／愛你是我最誠實的事」。愛即是詩，愛即是誠實，這是楚影詩的體質，也是愛的體質。閱讀楚影《你的淚是我的雨季》，彷若登高以望遠，推窗以抒懷，而於此樓台之上與之下、之前與之後，依然是煙雨濛濛，也只能是煙雨濛濛，因其煙雨，則便心中留有詩意，因其濛濛，則心外仍有擞逐的空間，謹以此序，祝願楚影。

輕量古典，溫潤哀愁

崔舜華

初讀楚影的詩，以為這名年輕寫者必定出身於文學院，不但自稱楚國大夫，詩更寫得委婉纏綿，活脫脫一個年少而老成的善感詩人。即使一副蒼白清瘦的骨架，深而漆黑的眼睛，使他像極了浸淫文學知識體系的文藝青年，然而楚影並非我所揣摩般那樣簡單：他選書自讀，讀久而寫，且他所選竟非語言較易讀之現當代文學，而是連一般中文系學生都感到難以全解的詩經楚辭。

字裡行間充滿著對古典文化的深深眷戀，古典是楚影寫詩的養分，也是自身向內的靈明自省，並轉化為詩人面對生命、面對情感、面對世界時的某種強烈自覺。

這種強烈的自覺性因飽蘸憂愁，化身為詩後，而予人感覺近乎某種善良的自戀。濃烈的抒情性格與懷古情結，於焉成為楚影創作的重要標幟。如讀〈九歌〉與〈有鹿在我的眼睛〉兩首詩——

6.

你不是不喝酒
是拒絕放縱。只相信月光之後
會有最冰潔的朝露
安慰孤獨

7.

為了追求真實
我重蹈你做過的事：
大膽地擁抱理想
也當然得到等量的受傷

8.

何須再問那群
一直深睡的鬼神？

把占卜扔在一邊。所謂命運
不過是重疊我們的黃昏
（節錄自〈九歌〉）

我回首看見有鹿
自苹自蒿自芩之最深處
以輕如絃歌的腳步
穿越遙遠的時間跟隨而來
目光彷彿正等待
一段被關愛的韻白
……
相遇如果是前世的承諾
那我不能再因為錯過而寂寞
即使慚愧也決定轉身
在秋毫初生的頭頂俯吻
淚落滿襟，傾聽

有鹿在我的眼睛裡哀鳴

（節錄自〈有鹿在我的眼睛〉）

乍讀之下，除了佩服詩人的精熟用典，也不得不注意到：楚影的詩並非直接的引用或複製，而是經過重重的濾淨，以及對語言的慎選，方有了如此乾淨妥貼的詩歌。所以，並不能簡單地將楚影的詩與坊間其它懷古引典之作相提並論，楚影的古典極其真誠，展現為他獨有的溫柔傾訴。因為真誠，所以輕盈，使楚影之詩有如蚱蜢之舟，輕重剛好，恰到分寸。

即使詩思老成，但畢竟年少善感，楚影的詩中亦常出現戀愛的哀愁與專注。楚影善從主觀敘事下筆，任世界之大，其詩亦僅對一人而說，這樣的全心投入，使思慮更深，下筆更濃——

因為擁有一致的脈搏
所以無論想得少還是多，而我
都會在這裡聽你說

關於世界的百無聊賴
儘管對我擲來
讓我隨手接過將它們
徹底崩壞，碎成天上的星辰

我可以用微笑交換
或說鑽了木取了火那般情願
竭智為你去承擔
那些感傷節外的不勇敢
畢竟我無法再允許你
如你不准我面對幽微的自己

我們的愛不會滅絕
我們擁抱得很果決

——〈我都會在這裡聽你說〉

無論是奉獻愛情的專注熱烈，南國楚地的險川哀風，或是北方詩歌的直白樸熟，楚影的詩始終維持著一貫的書寫風格。用喻精緻，語言溫厚，以此寫愛，寫生，寫醉，寫死，寫一個青年，在語言裡日漸老成的溫潤哀愁。

【昨日之島】

【臣服】

【就讓時間儘管遙遠】

【看似明朗的世界依然】

【流年之內一個人負責】

【我都會在這裡聽你說】

【昨日之島】

我已不能去分辨破曉
過後。是你，還是我變成了島

海是夢永恆的依賴了
而我們就這樣記得
每一朵浪花
為了警惕自己，將一生反覆拍打
如瓶守著一個遠方的天涯

你說昨日在昨日之外的
昨日裡的遙遠且如一場驟雨的深刻
關於傷痕，我又該怎麼回答呢
畢竟今天抑或明朝都留不住
一座島披著晨色的霧走入
回憶的深處

如果你看見，你發現

遊於江潭，行吟澤畔，顏色憔悴，形容枯槁。

——屈原〈漁父〉

就走到這裡，從此真的可以
答應不再為你
親手種植滿國的香草
也遺忘灌溉的淚澆了多少

如果你看見，你發現
辭裡血紅色的六言和七言
按照傷痕布列出

一張憔悴的南楚
也許你就會問：
我，恨不恨？

恨我的心比你的郢都更像孤城
形容亦同，死生與共
於是五月一場雨的突然
氣溫是來自你的背叛
我所有的晴天

觴

酒杯應該懷抱得下這個世界
即使迷茫的心事如雪

拋擲一個句子的漣漪，就像
一場夜雨後滿漲的池塘
浮萍般繁殖的意象：
那些謳歌的歡愉，以及臉上
那些淚過無痕的悲傷

啜飲朝露吟哦人生苦短啊苦短
秋月下的影子越走越長也沒發現

我等你

白日將盡，我在眾人都醉了之後等你。

僅僅看著你似笑非笑
原來生命可以這麼蒼老
那麼巨大
如一方我望不盡的天涯

當信仰已經傾圮
再怎麼祝禱也救不了自己
你細細地向我解釋
一身的理想如何浸濕

且殷殷為我指示
政治是一首碰不得的史詩

縱然是碰不得的事
你仍把殺身寫成了情詩
跟我交換眼淚的祕密
而我讀懂你的訊息
就像花一般的美麗
可惜只盛開於夏季的江底

白日將近，我等你在眾人都醉了之後。

山鬼

酒是喝多了，踩著一地踉蹌
我坐在小徑旁的盤石上
微醺的眼拭不去迷茫
附近正閃動像鬼火明滅的螢光
遠處也傳來幾聲夜鶯啼叫
你著一身素衣如蝶走來妖嬈

你的步伐比風還要輕盈
踏在為山守更的途中
回首的莞爾讓我痴迷
想要起身尋你，你卻沒了蹤跡

只不過是一夕之間
葉緣上的朝露充滿我的想念
而你今晚是否與我再會
寧不知你是人是鬼
就讓我在夜裡的山嵐裡霑醉

敘述

在別人臉上看到
與自己雷同的微笑
尋找以及思考
是擁抱答案的必要
那麼在流浪的過程，我
一定錯過太多

我知道每一對眼睛
有著眨了就隱匿的祕密，或者是夢
或者是風景，也會
不小心忘記如何面對
自己小心偽裝而崩潰
等待解讀的淚水

總是把散落的詞彙一個個點收
以備言罄的時候
背著哀傷走了多久的路
卻無從敘述

九歌

1

我們都曾經
寄居在幽暗且溫暖的水境
也默契地用無言
來抵抗對蜚語的厭倦

2.

一個句號死去
就有一個問號繼續
困惑思考。你應該還有很多
話，想藉文字訴說

3.

世界裡你始終存在著
這是無庸置疑的
就像知道眼淚
是一種不用明說的心碎

4.

不為人知的寂寞太多
想防守也無從辯駁
昨日的回憶總是悄悄
擊潰你我的微笑

5.

總是遺忘
不了那些刻骨的迷惘

也注定靈魂的流浪
是沒有止盡的漫長

6.

你不是不喝酒
是拒絕放縱。只相信月光之後
會有最冰潔的朝露
安慰孤獨

7.

為了追求真實
我重蹈你做過的事：
大膽地擁抱理想
也當然得到等量的受傷

8.

何須再問那群
一直深睡的鬼神？
把占卜扔在一邊。所謂命運
不過是重疊我們的黃昏

9.

你早已疲累地閉上眼睛
無視身上的苔色自顧自雋永
而我會以詩化的今生
替你看遍，每一場雨後的天晴

何不笑我走入傾盆

衣袂隨風擺盪，遺落
多少不屬於我的瀟灑於綺陌
以酒迷醉接踵而來的路人，應是自欺
將生疏都誤認成熟悉
即使換來尷尬的意義
也勇於面對那些叢生的質疑
翻騰卻不想整頓的情緒
讓我無力看著青鳥銜著詩句
銜著流光，毫無反顧而去
留下承諾堅定卻破碎的片語

若有人問起來由，我會似好辯之士反詰：
「你又完全記得嗎？那些
如雲湧雨疾，不得不的妥協。」

四月一號

於街上遇見站立而行的白貓
向我頷首，發出警告：
「今天所發生的事，
都不是真實。
為了保留你剩餘的單純，
請不要相信。」

這大概是行為藝術的噱頭吧
此刻飛來充滿油味的烏鴉
叼著一隻金色的左耳

我安裝之後聽見：「然而，
對命運女神而言，
愚弄世界沒有期限。」

你的淚是我的雨季

慣用命運書寫自己
我們的夢都同樣纖細
終究不忍見你徘徊汨羅
我願是你吟詠的一句句磅礡：
如嗅著的墨香暈開了你的苦笑
如被切丁的文字有苔蘚的味道
如歲月停在懷石上確鑿著記號

你欲挽留的那段錦繡玉帶
厭惡地將你的喉結切割
於是你的長夜如一首悲歌
空氣也瀰漫晨霧般的滄桑

朝露更凝結落寞的寂靜
霜降你一場永無春暉的寒冬……

我三絕之後明白你雲翳的鬢角
每根鬍鬚都是雷動的隱喻
就讓我賦詩為你重新起草
轉化你被扯散一地的理想
和踽踽獨行的方向——

情緒洶湧了千年別再壓抑
脆弱如你的淚是我的雨季

【臣服】

沒辦法那麼接近
和你討論一個吻
以及擁抱應該幾許溫柔云云……
暗中共同起草的承諾
雖然衰敗在季節的折磨
卻靜靜成為心靈居所
最不可滅的燈火

然而你已選擇成為蝶翼
將最初的蛾眉摒棄
能夠看透隱喻的雙眼
從此祕而不宣
投身一切可能或自破的流言
例如整城都是輝煌的春天
立足的方寸卻仍然冱寒

我並沒有臣服過什麼
但情願你君臨的神色

二〇一一・四・七

二〇一二・六《創世紀詩雜誌・夏季號》

真實

因為我們知道，再走一步就是懸崖了。

——楊佳嫻〈癡人〉

如果不是走到更南之地
勾起見月聞鈴的回憶
可能早雲散般忘記
一杯未竟就酖死的自己
更遑論對你的在意

從萍水浮現的緣慳
何以成為果決擁抱的意願

自行疼痛的瘡瘢
想來仍恐懼重複夜奔的背叛
（那時他自認如雪的心跡，
　事後望去是多麼透迤……）

儘管我們勇敢投石
進而熟悉彼此的身世
也必須明白懸崖的真實
是多麼誘人墜落的詩

逆鱗

如果謊言是交心的堂皇
那麼愛情注定流亡
走入回憶的蜃樓
我的言語不會有綠洲
你不必在悔悟的時候
渴望還能回頭

我寧可一生對灰暗垂青
從此喪失向光的本性
長成無感的植物
也不願再承受你灌溉痛苦
流出的眼淚過多

一切都無話可說
既然你歡愉閱讀離別
那我就翻到最末頁

我們逆了對方的鱗
就該成為被傷的人

我們都有一個相顧的對象

記憶在回首時就將紛飛
面對叢生的是非
你情願選擇把自己灌醉
俯仰而早生的華髮
你說就讓他們去笑吧
又不是被嚇大的，誰怕？

醒亦未醒，風雨已經
無法再冷落孤單的夢
而原因，毫不思量
來自我們都有一個相顧的對象

其間侃侃最多的交談
也同樣是沁淚的無言

雖說天地有八節四時
秋令之於我們卻是
永遠都過不去的事實
多情千古依舊此道中人
你的月光照無眠，借問
我該怎麼不應有恨

就這樣相信

蝴蝶飛過去飛過春季
或偽裝成一朵花好讓你忘記
於是我們就這樣相信
花開花不落能成為一種純真
我們就這樣終日指認
死生堅定接著契闊
一輩子就不用害怕寂寞

可是有一天我們必須清楚
夢境是貪婪的，請勿
拍打餵食更多的幸福
即使有青鳥來自夜半

也千萬不要以思念
做為探看的代價
那是一個在回憶之外的天涯

於是我們只好心事越藏越多
變得比石頭還要沉默
面對細心尋問的溫柔
找不到點頭訴說的理由
寧可什麼都不知道為什麼
但總是都知道了

你是一個擅長傷心的人

百花倘若不是盛開
或者沒有保鮮的期待
那麼請不要澆我以愛
我無法承受
躬親收拾凋零的時候

但就輕信了你的語言
自縛在委婉的繭
苦苦突破後才發現
沉默是一種最好的對談

你是一個擅長傷心的人
手法如山嵐般絕倫
可愛亦復可恨
那麼就把清晨回歸清晨
讓餘溫忘記餘溫
將黃昏還給黃昏
彼此的名字再也不懂如何發音

疑惑百花都死去的世界

疑惑百花都死去的世界
為何復活我們的分別
原來是你私藏了一隻蝴蝶
袖裡有虹，心上無情
致使苦待實現的約定
茫然隨著月落於西，日昇於東
任憑青絲不絕我的明鏡

不願和傷痕妥協
於是我早時間一步跨越
烽火連天的昨夜
放逐自己來到夢的邊界

霜雪驟降，以為能漸漸忘卻
那段最溫柔的季節
反而看見種在遠方的話語
長出模樣很像你的思緒

就算你不再被寫進故事
我也會繼續用生命賦詩
筆沾如墨的年華，渲染往事成煙
更化作困住彼此的情繭
爾後悄悄脫蛹為一句
春意闌珊的密雨

就當你也去旅行而忘了告訴我

前世你打傘走來
只因我在這等待
離別時互相囑咐一種確認
未料今生的靴都已磨損
精魂縱然長存，而我們
也成了慚愧的情人

給自己一個充滿勇氣的擁抱
畢竟我需要以訓詁推敲
暮靄所書寫的詩
該交託哪片楚天收拾

夜雨還能洗滌嗎
關於孤雁悲戚的天涯

星星依舊默契地眨眼
還記得幾個心願
身處赴約後草原的廣闊
我忽然覺得有點寂寞
明明如月，何時可掇
就當你也去旅行而忘了告訴我

無論時間如何流轉更多

不恨古人吾不見，恨古人、不見吾狂耳。

——辛棄疾〈賀新郎〉

你不要跟我搶酒
時節還沒遞嬗到淵明的秋
但我可以請你讀詩
一起笑盡人間萬事
或是痛快地哭遍
崩潰隱忍已久的雙眼

我不會疑惑你的搔首
是為了怎樣的理由
可你別豪邁地問我只今餘幾
這未免也太不吉利
我的黑髮未如霜雪更垂三千丈
雖然我終會坐看你的夕陽

醉或不醉都得活著
這世道早已是不醒的了
無論時間如何流轉更多
我們都不曾寂寞
你有青山，我有臉書
各自坦懷二三子的幸福

有鹿在我的眼睛

我回首看見有鹿
自苹自蒿自芩之最深處
以輕如絃歌的腳步
穿越遙遠的時間跟隨而來
目光彷彿正等待
一段被關愛的韻白

但我不會鼓瑟，此心
尚存的只有對旨酒的痛飲
醉了就在長夜裡埋怨
亙古的星光太淺

君子這般失路
還要亦步亦趨嗎？親愛的鹿

相遇如果是前世的承諾
那我不能再因為錯過而寂寞
即使慚愧也決定轉身
在秋毫初生的頭頂俯吻
淚落滿襟，傾聽
有鹿在我的眼睛裡哀鳴

#【就讓時間儘管遙遠】

看著落下的文字楚楚
可憐過去的眉目
如果我可以
毫不猶豫把眼淚都還你
那就不會有人再問
承受的意象是怎樣傷心

至今已是轉身很久的時刻
就算彼此如魚一般涸轍
再也不會遇見了
我們只需要記得
愛情病亡在某次蒸發
致用雲朵的瀟灑
化為一場任性的雨季
不停打溼自己

禁止一切的徘徊
你知道這就是我的姿態
無論你會不會有後悔
我也不想再披著月光獻媚
就讓時間儘管遙遠
聽江湖的水聲不斷

然後

讓自己沉醉溫柔的擁抱，讓
平凡的日子裡沒有哀傷
很想和你就這樣
一生前往同一個方向

即使是深深鎖上的記憶
也會無意間想起
愛你如一首上邪的誓言
那時候是多麼簡單
可是我看見世界的黑
一再表明最亮的流星最心碎

互相思念的太陽和月亮
落下的眼淚是永恆的海洋
故事的形成總是夢醒
在合適的氛圍開始被訴說與傾聽
我們都習慣地問然後呢
但也害怕知道下一刻

我寧願不知道很多

遇見衰敗的蝶翼，想必
罪魁是太重的無題
而我也不再對你
始終過於美好的眼神
有一千種詢問
反正時序已近黃昏

那些解讀不了的什麼
蛹變成各式的晦澀
我只能用易於書寫的悲傷
保護燭火脆弱的光芒

畢竟你早已決心不在意
我們共處風中的關係

我寧願不知道很多
也不想在明白之後沉默
為了治療負傷的自己
原諒我必須千方百計
從每個可能的觸發裡
燃燒適度的愛情消滅你

還有眼淚就會想保留

魚在在藻，有莘其尾。王在在鎬，飲酒樂豈。

——詩經〈魚藻〉

你泅離了我的秋水
在別的青春裡喝醉
招呼城市的空氣
已如失去熟悉的陽光沒有暖意
即使背抗拒背成為陌生人
仍然會感到傷心

我說不出夢的顏色
事實上是無從揣測
面對波動般流逝的時間
我們都害怕眨眼
於是雨季好久好長
神采也忘了自己該如何飛揚

還有眼淚就會想保留
他日療傷的溫柔
我截身裝備文字成了魚
你勢必化為魚的情緒
然而多情總是自作，興許
這該當一場相反的結局

倘若你，倘若不能

看你留下的純白的杯
我忘了如何倒水
也不再用剛好的姿勢
閱讀相處的方式
包括一切指尖
所精心隱喻的私言

誰都無法代替彼此承受
而我學會不再裸露
碩果被你吃掉一半的溫柔
在還沒麻木以前

就先明白了種種溫暖
是眼淚可能的泉源

失去被任性高枕的臂彎
從此只得習慣成自然
倘若你，倘若不能
愛就不要讓未來有夢
太懸殊的殘忍
還教我相信

生命也不過是

應許之地的路途無須論辯
隨身攜帶黑夜的語言
我們都曾經荒湎
那些墜如流星的瞬間
美好的讓人領悟
願望過後還是擁抱孤獨

如何解讀夢境以及
信件中莞爾的自己
失蹤的情緒，線索充斥虛假
是叛逃還是被謀殺

或許該喚來各自的季節
蒙眼任憑時間去凋謝

探究沒有明說的故事
總是這樣的，月圓有定時
花有花敗落的方式
我了解到生命也不過是
一首今世筆走不完
待輪迴後再續寫的昨天

我知道這是最接近你的

想護花但不願凋成春泥
終於到來的分離
無人留在原地，各自躡起
如貓的腳步流浪自己
那樣安靜那樣容易
帶走或放棄街頭的回憶

雖然身上所負的傷
未必已經遺忘或原諒
有朝問候好久不見最好
彼此都卸下頑強的微笑

最好霜雪般面無表情
卻讓百感糾結由衷

風再輕微仍然可以
承載想表達的心意
我知道這是最接近
你的一場雨最接近
我們的眼淚和以為
比雲還淡的無所謂

我沒有更多能對你訴說

雖然澤畔適合盛開瘡痕
如今不必江潭也能行吟
一句歸來，用以招你的魂
為何沸騰的是我荏弱的身
自覺依舊踽踽，卻不再踟躕
我收拾文字飛向故都
勸你別執意走上汨羅的路途

銀輝遍地，我神遊的代價是感傷
但聞你哽哽咽咽的楚腔
想來是在怨嘆國破，家亡
糾纏的流言更不知去向

我無法完全給予鎮魂的擁抱
於是你褪去青苔爬櫛命運的衣袍
今夜不九章，不離騷
今夜不抽思，不橘頌
今夜不九歌，不哀郢
今夜不懷沙，不天問
情願渺渺兮予懷，我們
淚眼望向最遠的一方思美人

歲月靜謐地從彼此的眼前走過
寂寞如我沒有更多能對你訴說

為什麼我們這樣

因為微妙的猜疑
刺在心上流出鮮血，所以
淚眼還一劍給你
我看著上演的悲劇
忘了什麼是安慰的話語
只意識到對手的情節繼續

日子走遠就不會是最初
而到底是誰先反覆
言行如瀰漫在秋水上的冷霧
坦誠的風也吹不散

何況神離不宣的容顏
早已建立祕密在訴說之前

謠傳終究會失去季節，卻
讓約定的夢沉睡過去的夜
從來不涉及傷痛的那些
美好今後無法再了解
愛人啊為什麼我們
這樣悖德彼此的心

我唯一能為你做的事

西亭翠被餘香薄，一夜將愁向敗荷。

——李商隱〈夜冷〉

總是在想像中耽溺
倘若可以喪失追憶的能力
那還有什麼無法忘記
從此也不用在意
下一刻誰將離開，醒來
之後要面對多少明白

但是我們已經走遠
各自悵惘約定的明天
敞開手心只剩虛無
想問你是哪條情緣的紋路
就算背棄真實也要
假裝歲月一切安好

我唯一能為你做的事
就是讀過一千首詩
憑著衰敗寫下思念的絕對
把季節依序粉碎
不再允許自己為了你
成為夜半空洞的夢囈

【看似明朗的世界依然】

九垓仍舊揚起楚風
你早就不在江心的水聲
已經懂得對人生放棄
所有懷疑，甘願漂蕩異地
笑我是盡忠職守的
配戴各式文字在舞蹈的巫者

未曾背叛過我的六情
和你一樣屬於暗語的面孔
有人破解最好，無知也罷
書寫是孤獨的不是嗎
我們無法跟夏蟲對談
關於冰雪沒有溫暖

沉默就好。你以古老的魂魄
寄託達觀的希望於我
卻只能感到百般
悲傷啊一如從前
看似明朗的世界依然渾沌
且可笑得過分

七夕有恙

永生的戀人，總是希望你
相聚後捎來消息
說你遭逢意外而折翼
或是去別的星系進行為期
三百六十四天的遊歷
最後忘了把自己
帶回善良的傳說裡

我極其羨慕春宵苦短
至少還在人間
更願以從此不死的諾言
交換愛情的有限

我相信同樣在盈盈一水前
過著日常生活的你知道
一輩子愛不到
一次依偎的朝朝暮暮
那是何等的痛楚

如果能夠決定一個
用來成全悖逆的勇氣，那麼
就讓喜鵲今晚當一回
天下的傳信鴿，因為
我們實在已經沒有
再見的理由

再過去就是另一個季節

就算古老的文字多麼陌生
我也能解讀一些表情
例如白露是因為蒹葭哭了
而你是不會知道的
津涯的難過正值蒼蒼
一路衍生寂寞的方向

腳印留下，意志離開
北風嘲笑我們走得草率
星辰恪守時間的羅列
再過去就是另一個季節

沒有誰可以真正忘卻
昨夜至今紛飛的霜雪

認輸而黯淡的思想
曾經如日陽那般輝煌
我為你明白愛
我為你失去愛
約定有聲卻已然瘖啞
還記得它說過什麼嗎

就這樣安安靜靜

再也不去猜疑
不會感到可惜
關於愛人的美好啊
就這樣安安靜靜忘了吧
像河水流入大海，終究
找不回盈掬過的溫柔

遙遠的日子，在雨季裡
為什麼會如此清晰
猜想是思念的關係
卻無法說服逞強的自己
這是唯一的理由
在擁抱屬於孤單的時候

還是只記得花的凋落
笑容又藏了沉默

是你讓我終於相信

寫我未必也清楚的詩
是記得你的方式
跋涉詞語的所有
盡可能安撫夢不再顫抖
其實最怕沉默
狠狠的從意義上走過
驚醒回憶倏然
向思念的天際飛遠

含笑茁壯的悲傷
總是會在某個時刻綻放
我們因為這樣

趨勢的傷痛而知己
知彼變成空盪的遺跡
又聽說百花若墜
不可以用眼淚奉陪
否則就要埋葬溫柔的殘存
是你讓我終於相信

沒有足夠的恨
就不要去愛一個人

這不過是我以為

一種書影適合一座
青燈對抗黑夜的寂寞
你該知道在掩卷時候，我
會成為如此的寄託

但這不過是我以為
其實你偏愛約定的幽微
交換的眼神如墮煙霧
究竟是誰不夠清楚
脈絡曾經重疊的手掌
還能聯袂哪個方向

抑或勇敢地自行卸下偽裝
承認因緣止於悲傷

行走回憶中的回憶
盤桓轉意裡的轉意
看沫雨成為萬壑顰眉的祕密
即使到達彼岸的我們
寧願是最初的陌生人
讓弱水三千能少一瓢傷心

我們已成為彼此

千里鶯啼綠映紅，水村山郭酒旗風。
南朝四百八十寺，多少樓臺煙雨中。
——杜牧〈江南春〉

你曾是我最沉醉的酒
酖死也情願的溫柔
但此刻你更像帶雪的風
把全部的夢澈底冰冷
縱使這樣的世界
超出我們想像的情節

如果有到達不了的山水
那麼就有失約的慚愧
故事之外的時間，有花
能體諒我任性書寫自己嗎
還是凌亂迎面的痛楚
早就不允許有堅定的腳步

忍著感傷走在煙雨中
看遍四百八十種和平
明白愛情沒有永恆的安定
那日的烽火是春末的警告
如今一切都不再重要
我們已成為彼此的南朝

凡是傷痛都需要出口

凡是傷痛都需要出口
買醉成了最湊巧的理由
看著美貌依舊的花
慢慢變成生厭的瘡痂
更凋落為三個季節之外
比霜雪還寒冷的白

奢求被標籤在微笑
已經不能愛我更少
如此坦蕩並非好事
我必須懷疑你的誠實

或許不該濫情想太多
因你早就不願指認我的輪廓

事情一言難盡的簡單
分手的我們之間
沒有什麼好抱歉
只是我決定不再周旋
你自認善意的雙眼，以及
無關緊要的寒暄而已

我在你到不了的南方

我在你到不了的南方
寫你不會懂的夕陽
經歷多次的遷徙
決定把自己藏在這裡
建造文字墨守的孤城
冷淡昨日的夢境

雖然是一種放逐
卻愛上如此的義無反顧
我在你到不了的南方
寫你不會懂的夕陽

有時默許想念的月光
滲入疼痛的胸膛

風像風那樣輕快走過去了
從此沒有留下什麼
擷取適當的意象
拼湊最接近心聲的波浪
我在你到不了的南方
寫你不會懂的夕陽

今夜，做一個行草之人

今夜，做一個行草之人
呼吸都是酒的氣氛
聚天下的文字揭竿
而起，解救失意的情感
所到之處皆成水澤
不存犯罪的心誰奈我何

髮觸即斷的刀劍只認得不義
更足以用來對我警惕
記得一輩子將節操栽種成
松林遍及尚未發生的逆境

在風經過的時候能夠侃侃
訴說夕照下受傷的容顏

給自己帶上最好漢的笑
說過赴湯也要把蹈火做到
那些我不再有興趣的
就真的與我無關了
以後，是一個行草之人
無畏地去相信愛與恨

【流年之內一個人負責】

曾經以為有那麼一些
約定能夠不被風雨傾斜
關於強烈的執著，特別
是在遇到分道的完結

儘管不讓自己，輕易
見到輕易離開的你
還是只能選擇記得
那些相處的時刻
在流年之內一個人負責
遷移時感傷的神色

此去，不再涉及你的風花
也不必掛念我雪月的天涯
總要回歸平靜，偶爾用
我們都熟悉的歌提醒
愛你的日子雖短
卻足夠讓我輾轉

在我們的世界裡除了死心塌地

沒有誰可以懷疑的認真
一點點靠近再一點點靠近
情人多麼幸運是我們
微笑城市喧囂的黃昏

不必再害怕突然的惡夢
夜半的聲音已經有人傾聽
我知道可以相信你因為你
懂得什麼是唯一
因為是你所以明白
奇蹟定義了彼此的存在

開始和你並肩熱愛生活
我願意像飛蛾撲了火
燒掉所有冰冷的沉默
讓每條掌紋把溫暖傳遞
走過一生更迭的四季
在我們的世界裡除了死心塌地
還是死心塌地

不愛的人是否一如當時

多年不愛的人啊
還攜帶同樣的影子嗎
是否一如當時的昂首
依然左腳先踏的步伐行走
而我的目光只能念舊
在你衣著似雪的背後

夜奔而去，就這樣穿越
我們都留不住的歲月
如果心有騷動，那
應該就是所謂的追悔吧

無論如何，不能扳回的
距離都歷歷存在了

你和我已經知道遺憾
就藏在深邃且相視的雙眼
最痛是沒有重量的時刻
難以名狀的什麼
會讓我們想起自認遺忘的
屬於約定的顏色

於是就相信了

舊日的傷長出新生的傷
新生的傷又長出更近的傷
而我終究也聽懂了
好幾首過去不曾明白的歌
我知道這是因為你
只有你能讓我成為我自己

這樣的晴天那樣的雨天
你懂我總是想翻遍所有的詩篇
為了尋找遺失的思念
我們都在感動裡看見

年輕的眼淚又老了一點
時間永遠走在前面

於是夜半的夢更加深刻
於是不再追問為什麼
於是就相信了……

墜落的可能

多想成為一個
置身事外，什麼
都能看見核心的幽靈
歲月裡再也不用
對偏執有所相信，對似錦
鋪展的風景拒絕接近

我知道還有話想說
可是字句只能以沉默存活
無法預測隱忍多久，如果
此生你已不打算見我

那就繼續各自撫養著
故事中彼此的牽扯

當你不再傾聽
我也不再走入夢境
夜裡就有星辰墜落的可能

和我一起走到邊緣

想問為什麼是你
擁有愛與恨的意義
原來思念一旦縝密
將是眼淚氾濫的雨季
卻無法阻止沉默
成為延燒國度的戰火

和我一起走到邊緣
為了放棄脆弱的勇敢

倘若下定決心不再
像一朵花專精等待

甚至枯寂，那麼應該
行囊般收拾自己離開
因為一切傷痛的根源
就是太過死心眼

接近你

傷痕終究會促使心坎明白什麼
如一場撥雲的
見日襯托生命而微笑著
是的，只能謝天了
關於相愛的意義
每次用擁抱接近你
我就更清楚自己
什麼應該努力
什麼應該毫不猶豫的遠離

我討厭讚嘆好一個我們不適合

我討厭讚嘆好一個我們不適合
不想接受理由也只能看著
你把被單餘溫帶走了你把
承諾都戳破了流出虛假
可是淚水呢你說你發現
並不存在彼此的雙眼

所以真的失去了嗎
不用在乎了嗎這麼瀟灑
可能比較好吧我告訴自己
你沒有回答的問題
就讓我慎重地收進時間的抽屜

並將唯一的鑰匙丟了
反正已經沒什麼值得

我們都明白了離開是一種誘惑
那一天過後你再也不能屈服我
穿上合身的沉默
關於感動我沒有遇見更好
但是也沒碰到更壞的擁抱
我還可以愛你嗎
或者你還可以愛我嗎

就讓我傾一個城給你

此刻我已逃不掉
只能臣服攻心的擁抱
於是你成了醫我的藥
臉上是他人無法解讀的微笑
揚起的角度比雲淡，比風
更輕，承著流離多時的疼痛

你終究與我看過同一個
憂愁的月色。
但那早不是我們該依戀的了
記得眼神，記得

溫柔，就無須害怕什麼
有我驅使天下的星辰為你守候著

在亂世裡為愛而生
從來不覺得是困境
但比起淪陷還是沉醉好聽
我傾一個城給你
讓我傾一個城給你
就讓我傾一個城給你

你知道我就要這樣愛著你

走過多少流浪成為了詩人
不想再讓淚水還有殘存
我們像孩子一樣靠近
巨大且微小的傷痕
直截了當的相信
就是你的眼神
俘虜我靈魂

誰說我不勇敢就讓他們去說吧
我會拆穿世界良好的虛假
你明白衝動不代表珍惜
而珍惜有時需要一個衝動去努力

誰說你不值得就讓他們去說吧
你會證明世界始終的狷狹

心上的位置已經退去陰霾
讓花盛開讓陽光恣意進來
你知道我就要這樣愛著你
再沒有任何理由欺騙自己

【我都會在這裡聽你說】

因為擁有一致的脈搏
所以無論想得少還是多，而我
都會在這裡聽你說
關於世界的百無聊賴
儘管對我擲來
讓我隨手接過將它們
徹底崩壞，碎成天上的星辰

我可以用微笑交換
或說鑽了木取了火那般情願
竭智為你去承擔
那些感傷節外的不勇敢
畢竟我無法再允許你
如你不准我面對幽微的自己

我們的愛不會滅絕
我們擁抱得很果決

宣言

留在過去吧那些沉默
只有你能清楚聽見我的脈搏
然後鎮魂全部的寂寞
不再衍生多餘的困惑
我愛你的相對是你愛我
便不允許我們之間錯過

用一個你明白的深刻
記得彼此是那首唱不完的歌
關於感動，親愛的
讓我告訴你是擁抱了什麼：
我怎能不為你寫下詩

愛你是我最誠實的事
從不想迴避這個世界
就讓我們把質疑終結
凋零成身後無須回顧的落葉。

為了可以

把荊棘穿在身上
肌膚從此不怕受傷
再尖銳一點直到
刺進所有的擁抱
這就是你要的嗎還是
早已漠視流血的事實

我們總會懷疑
怎樣是能被接受的自己
即使最明確的答案最傷心
也不想面對虛構，寧願去相信
流利的戰爭和床笫
是愛情最坦誠的樣子

為了可以離開你
我決定接近你

順其自然——致辛波絲卡

或許你早就明白，
死亡可以信賴——
因為他從不欺騙，
包括這看似荒謬的事件。
但世界仍需要你，
用文字寫出疼痛的善意。

是，與你相識多年，
我學會跟自己交談，
還有向凌亂的句子致歉。
儘管我還不夠慈悲，
也已經綽綽有餘，對玫瑰。

我們順其自然醒著，
而你順其自然睡了，
在永恆的時刻。

後記：維斯瓦娃．辛波絲卡（Wisława Szymborska，1923年7月2日－2012年2月1日），波蘭詩人，1996年諾貝爾文學獎得主，公認為當代最迷人、最偉大的女詩人之一。

詩讓我明白的事

代替屈原與世推移，繼續
成為文字的巫者抒發情緒

淺嚐李白喝醉的月光
原來我們走在同樣的方向

發現浪漫造就詩的靈魂
且自信表達勝似拜倫

對辛波絲卡致謝函裡面
那些不愛的人感到更虧欠

思想的泡沫像紀伯倫的海洋
藏匿著莫測的力量

比艾蜜莉生前的詩幸福
深切明白寫作時的孤獨

最後，我會記得鯨向海說過
不要想得太多
好好當個無頭騎士勇敢
愛你，而無懼重重困難

此刻我應該想念

終於打破沉默的訴說
雖然避開狹隘走向廣闊
卻不得不斂藏更多

此刻我應該想念
不去在乎季節的遞嬗
忘記時間所需的睡眠
搜索記憶深處你的語言

微笑不是離別，這一切
仍是值得擁抱的世界
就算我們隔著秋水

相對無言，沒有眼淚
也不要太過接近傷心
把偽裝靜靜地取下，然後承認
夜裡我是將敗的荷
而你是欲墜的星了……

我擁有整個王國的心事

夜裡總是點燃一盞燈火
微照正值戍守的沉默
最深處裡無備的虛弱
我們也明白了月色
原來比昨日眷戀的
溫度更加貼近楚地的歌

縱然亂聲未曾四面
全部的季節都已闌珊
成為動人旋律讓你聽見
渲染我背著黃昏對流的容顏

焉知來生衣冠是否
如纖手新裁般依舊

我擁有整個王國的心事
而你是開啟九門的鑰匙

愛與我們

就算
應該放縱思念的夜晚
沒有月色襯托
也已經知道你透過
這樣的，失眠的雨，擁抱我
而不在乎城市裡的
星辰的光芒是多麼
微弱如被刀割散，是多麼
需要我們用眼神記得

所以就算
淚水必須收斂

周圍盡是伺機來襲的疲倦
也能無傷的笑了
只要你可以唱首歌
懂得親吻我的神色
並且敞開雙臂去擁抱
我們，每個被時間拘禁的擁抱

讓我們成為月光

看不見也回不去的時間
從昨晚跨越到了今天
但疼痛不會就這樣留在以前
而幸福亦然
那還要記得嗎
曾經獨自垂首行走的天涯

終究不得不承認
微笑無法說服某些難過的眼神
我想沒有誰可以遺忘
所以讓我們成為月光

然後我就能告訴
你，我願意傾倒一個國度

情緒翻湧一如雲海
甚至不自覺隱藏所有的依賴
知道那是你的習慣
不過有我在的新年
就快樂吧別再不安，心黏
我會牽著你走在前面

後記：愛我的，不愛我的，我們來到２０１２了，新年快樂。

愛人，我知道你是愛我的

不需要揣測
愛人，我知道你是愛我的
而我也如此選擇
畢竟在這樣一個
傷害過於擁擠的年代
有太多眼淚灑落溫柔之外

於是我們的臉龐
比無畏的陽光更加明朗
讓以勇氣為根的堅強
能夠隨日子不斷茁壯

因為相處的神色
愛人，我知道你是愛我的

不關風與月，直指終結
曾經寒冷且怨懟的深切
如今，愛人，我知道你
往後仍是愛我的，無庸置疑
我們是同一族類的天使
攜手飛翔早已開始

為愛而生

楚影

首先，謝謝看到這篇後記的你。不才如我，在此向你完整地介紹：這是我第一本詩集，同時也是一本為愛而生的詩集。

其實從我的筆名不難猜出，我非常耽溺楚國，就算成為楚國的影子也不介意，筆名於焉誕生。如果你正巧是見過我臉書的朋友，更能會心一笑——我甚至耽溺成了一個三閭大夫。

或許你會有疑問：為什麼我不是齊影、韓影、趙影、魏影、燕影、秦影？偏偏是楚影？偏偏是那個屈原高唱「One night in郢都　我留下許多情」（有這回事嗎）的楚？

因為楚是最浪漫的國家啊。而且，「楚影」比起另外的「戰國六影」，一整個就感覺適合當筆名。被我用來當作詩集名稱，也是詩集內容之一的「你的淚是我的雨季」，就是寫給屈原。當然，以上這些都是我的私心，但是我還是要告訴你，我是多麼喜歡這個名字。

不能否認的，我受到屈原的文字的影響極深，加上本身又是善感的人，於是便學著他，透過文字轉成詩，從內心救贖自己。救贖自己的同時，也產生了一種野心：讓自己的詩可以去救別人。

所以我就做了出版詩集這件事。

關於這件事的後記，就像得獎感言一樣，不能例外的要先謝謝我的爸媽。一直以來，我爸很不理解「出詩集」的意義，但當我有一天給他看了詩集內容，他花了一些時間很認真看完，然後拿下眼鏡，對我說：「我明白了。」雖然只是短短的四個字，卻足以讓我莞爾。而我媽，在面對週遭朋友對自己兒子的文學之路的質疑，只是淡定地回答：「我們這一輩是沒有夢想的人，既然他有夢想，也不是有害的事，我們為什麼不能認同他呢？」事後我媽轉述給我聽，我同樣報以莞爾。也許爸媽他們知道，或者不知道，我的莞爾其實藏著淚水，很感動的淚水。

再來，我想感謝陳羿溱、臨宵、崎雲、崔舜華，以上四位詩的寫手，在我厚著臉皮請他們寫序的時候，他們一下子就答應了，我真的很高興，也感到榮幸（畢竟我還太嫩），如果不是他們願意幫忙，出版詩集對於我這個懶人可能遙遙無期（笑）。還有，謝謝辛波絲卡的句子：

「我虧欠那些／我不愛的人甚多」。

最後，想謝謝的人，是R。詩集裡【流年之內一個人負責】、【我都會在這裡聽你說】這兩個部分，有很多詩都是寫給她的，以致我在不知不覺中，文字充滿著閃光，自感幸福之餘，也讓別人忍不住發言抵制：「楚影都不楚影了。」可是，你知道的。

你知道的，對於自認名不見經傳的我，所寫的詩，以這樣集結的姿態出現，或許有人會問（事實上我已經被問過了而且對象還是我親愛的爸媽）：為什麼你要寫詩出詩集？但是看到這裡，你們一定都知道為什麼了，我的回答就是——不為什麼，為愛而生。

讀詩人41　PG1012

你的淚是我的雨季
──楚影詩集

作　　者	楚　影
責任編輯	黃姣潔
圖文排版	王思敏
封面設計	王嵩賀

出版策劃	釀出版
製作發行	秀威資訊科技股份有限公司 114 台北市內湖區瑞光路76巷65號1樓 電話：+886-2-2796-3638　傳真：+886-2-2796-1377 服務信箱：service@showwe.com.tw http://www.showwe.com.tw
郵政劃撥	19563868　戶名：秀威資訊科技股份有限公司
展售門市	國家書店【松江門市】 104 台北市中山區松江路209號1樓 電話：+886-2-2518-0207　傳真：+886-2-2518-0778
網路訂購	秀威網路書店：http://www.bodbooks.com.tw 國家網路書店：http://www.govbooks.com.tw
法律顧問	毛國樑　律師
總 經 銷	聯合發行股份有限公司 231新北市新店區寶橋路235巷6弄6號4F 電話：+886-2-2917-8022　傳真：+886-2-2915-6275

出版日期	2013年7月　BOD一版
定　　價	220元

國家圖書館出版品預行編目

你的淚是我的雨季：楚影詩集 / 楚影著. -- 一版. -- 臺北市：釀出版, 2013.07
面； 公分. -- (讀詩人 ; PG1012)
BOD版
ISBN 978-986-5871-72-7 (平裝)

851.486 102013163

讀者回函卡

感謝您購買本書，為提升服務品質，請填妥以下資料，將讀者回函卡直接寄回或傳真本公司，收到您的寶貴意見後，我們會收藏記錄及檢討，謝謝！

如您需要了解本公司最新出版書目、購書優惠或企劃活動，歡迎您上網查詢或下載相關資料：http:// www.showwe.com.tw

您購買的書名：________________________________

出生日期：________年________月________日

學歷：☐高中（含）以下　☐大專　☐研究所（含）以上

職業：☐製造業　☐金融業　☐資訊業　☐軍警　☐傳播業　☐自由業

☐服務業　☐公務員　☐教職　☐學生　☐家管　☐其它_____

購書地點：☐網路書店　☐實體書店　☐書展　☐郵購　☐贈閱　☐其他

您從何得知本書的消息？

☐網路書店　☐實體書店　☐網路搜尋　☐電子報　☐書訊　☐雜誌

☐傳播媒體　☐親友推薦　☐網站推薦　☐部落格　☐其他__________

您對本書的評價：（請填代號　1.非常滿意　2.滿意　3.尚可　4.再改進）

封面設計____　版面編排____　內容____　文／譯筆____　價格____

讀完書後您覺得：

☐很有收穫　☐有收穫　☐收穫不多　☐沒收穫

對我們的建議：________________________________

____

____

____

請貼
郵票

11466
台北市內湖區瑞光路 76 巷 65 號 1 樓
秀威資訊科技股份有限公司 收
BOD 數位出版事業部

（請沿線對折寄回，謝謝！）

姓　　名：＿＿＿＿＿＿＿＿　年齡：＿＿＿＿　性別：□女　□男

郵遞區號：□□□□□

地　　址：＿＿＿＿＿＿＿＿＿＿＿＿＿＿＿＿＿＿＿＿

聯絡電話：（日）＿＿＿＿＿＿＿＿　（夜）＿＿＿＿＿＿＿＿

E-mail：＿＿＿＿＿＿＿＿＿＿＿＿＿＿＿＿＿＿＿＿